U0896483

Le Petit Prince

小王子

[法]安托万·德·圣埃克苏佩里　著
吴松林　译

江苏凤凰文艺出版社
JIANGSU PHOENIX LITERATURE AND ART PUBLISHING

图书在版编目（CIP）数据

小王子 /（法）安托万·德·圣埃克苏佩里著；吴松林译. -- 南京：江苏凤凰文艺出版社，2025. 6.
ISBN 978-7-5594-9598-3

Ⅰ. I565.88

中国国家版本馆 CIP 数据核字第 2025PF2767 号

小王子

［法］安托万·德·圣埃克苏佩里　著　吴松林　译

责任编辑　项雷达
出版发行　江苏凤凰文艺出版社
　　　　　南京市中央路 165 号，邮编：210009
网　　址　http://www.jswenyi.com
印　　刷　北京文昌阁彩色印刷有限责任公司
开　　本　787 毫米 ×1092 毫米　1/32
印　　张　4.75
字　　数　30 千字
版　　次　2025 年 6 月第 1 版
印　　次　2025 年 6 月第 1 次印刷
书　　号　ISBN 978-7-5594-9598-3
定　　价　68.00 元

江苏凤凰文艺版图书凡印刷、装订错误，可向出版社调换，联系电话 025-83280257

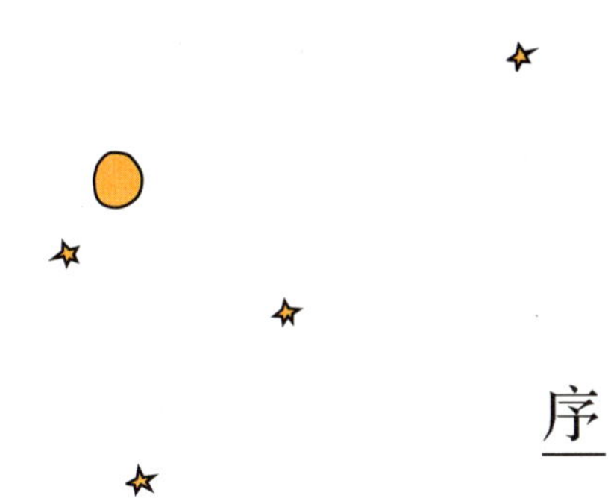

序

20世纪40年代初，一位法国作家写下了《小王子》这篇世界著名的童话。七十多年以来，这篇童话被翻译成108种语言，全球发行量已超过5亿册，仅次于《圣经》。

《小王子》的故事很简单，全文一共不到三万字。故事的主人公小王子是一个充满童心的孩子，他来自一个名叫B612的小行星。他的星球只有一间房子大小，上面有三座火山和一株玫瑰花。因为他不懂得那朵虚荣、骄傲的玫瑰花所表达出来的爱意，所以伤心地离开了自己的星球，开始了太空旅行。

在到达地球之前，他拜访了六个星球，在那里先后遇见了六个人：一个变成权力幻想狂的国王，一个整天沉迷于自我陶醉中的爱慕虚荣的人，一个深陷混沌迷惘中不能自拔的酒鬼，一个宣称全宇宙的星星都归他所有的大商人，一个忠于职守却墨守成规的点灯人和一个知识渊博却脱离实际的地理学家。

在经历了这些星球和奇奇怪怪的人之后，小王子来到了地球，他在这里遇见了自己一直在苦苦寻找的朋友——一只狐狸和一个飞行员。小王子驯服了狐狸，并从它那里得到了一个秘密，这让他再一次陷入了忧伤。紧接着他遇到了飞行员，刚开始，飞行员和大多数大人一样，空虚、盲目、愚妄并死板教条，而当小王子把自己的经历一一告诉他之后，他则彻底改变了对世界的看法。最后，小王子和飞行员一起在沙漠中找到了生命泉水。在离开自己的星球的这段日子里，小王子无时无刻不在思念着自己的家，思念着心爱的玫瑰花，最后，他在蛇的帮助下死去，灵魂回归了家园。

飞行员为了纪念小王子，并表达对他的思念，记录下了他与小王子之间发生的点点滴滴，于是便有了这篇童话。

本书的作者圣埃克苏佩里 1900 年出生于法国里昂。他从小的梦想就是能够飞翔在蓝天之上，经过长期的努力，他终于在 21 岁的时候实现了这个梦想。此后，他一直在空军、邮政航空队以及航空公司任职。第二次世界大战中，他在一次执勤任务中牺牲，年仅 44 岁。

圣埃克苏佩里不仅是一位战斗英雄，而且是一位很有成就的作家。从空军复员流亡美国后，他开始了文学创作生涯，先后发表了《战斗飞行员》《夜航》以及《小王子》等作品。航空已经融入他的血液，所以他的作品全部是以航空为背景而创作的，《小王子》虽然是一篇童话，但可以看出，它也和航空有着千丝万缕的联系：童话的讲述者与圣埃克苏佩里有着相同的身份——飞行员。

虽然圣埃克苏佩里创作《小王子》只用了短短三个月时间，但是这篇童话的创作背景却是极其深厚的，可以说，这篇童话来自作者几十年生活和情感的累积，这也正是它能够在世界文坛历久不衰的重要原因。

首先，《小王子》是圣埃克苏佩里对自己婚姻的反思。他的妻子康苏罗正是童话中小王子身处异乡时始终牵挂的玫瑰花的原型。《小王子》中强调了爱与责任的重要性，而这也正是作者对待婚姻的态度，虽然他和妻子的关系一直不好，但他却始终认为对妻子有着不可推卸的责任。正如他在文中写的那样，“一旦你驯服了什么，就要对她负责，永远地负责”。

另外，这本书也有着深厚的二战背景。《小王子》创作于 1942 年，出版于 1943 年，正是二战最关键的时刻。当时法国战败，作者被迫流亡美国。

在美国的两年时间里，他与母亲完全失去了联系。这时候他悟出了一个人生哲理：孩子是纯真无邪的，童年是充满梦想的，相比之下，大人却都是虚荣肤浅、死气沉沉且权欲心重的，所以，他认为“大人应该以孩子为榜样”。于是，他发挥想象力，重新飞回童年，寻找人生最初的真善美。

在创作《小王子》时，圣埃克苏佩里已经经历了人生几次大起大落，无论是性格和思想都走向了成熟。在这篇短小的童话里，他用深入浅出的笔法，对人生进行了一番深刻的思考。它的故事是写给孩子看的，但是里面关于人生与哲理的思考却是写给大人的。

希望你能和孩子一起翻开这本童话，追随小王子和他的小伙伴们，共同去开启这场关于生命、关于爱的冒险之旅。

献给莱翁·维尔特

我想请孩子们原谅我把这本书献给一个大人，毕竟我有一条正当的理由：这个大人是我在世上最好的朋友；我还有一条理由——那就是这个大人什么都能理解，即使是给孩子们看的书也能理解；第三条理由就是这个大人现在住在法国，他正在忍冻挨饿。所以他很需要有人来安慰。如果这些理由还不够充分，那我就把这本书献给这个大人曾经当过的那个孩子——当然每个大人曾经都是孩子（但是，很少有人会记得这件事）。因此，我把我的献词修改为：

献给童年时代的莱翁·维尔特

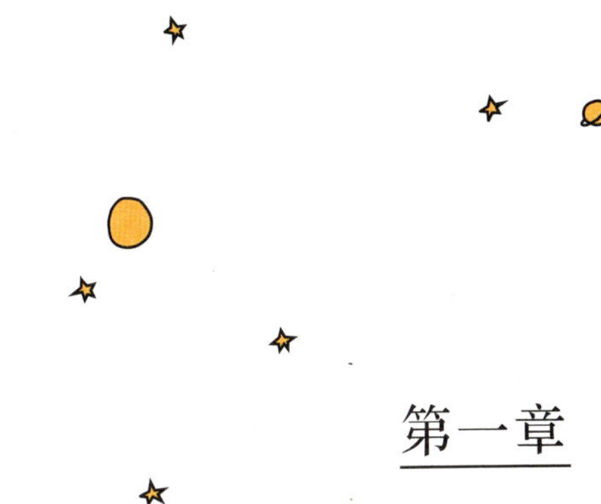

第一章

6 岁的时候，我曾经在一本描写原始森林的名叫《真实的故事》的书中，看到过一幅精彩的插画，画的是一条蟒蛇正在吞食一只大野兽。下面就是那幅画的摹本。

书中这样写道：

这些蟒蛇把它们的猎获物不加咀嚼地囫囵吞下，然后它们就再也不能动弹了——它们要花费长长的六个月的时间来睡觉，以便于积聚体力来消化这些食物。

当时，这本书引发了我对丛林奇遇的幻想，于是，我也用彩笔画出了我的第一幅图画。我的第一号作品，它是这样的：

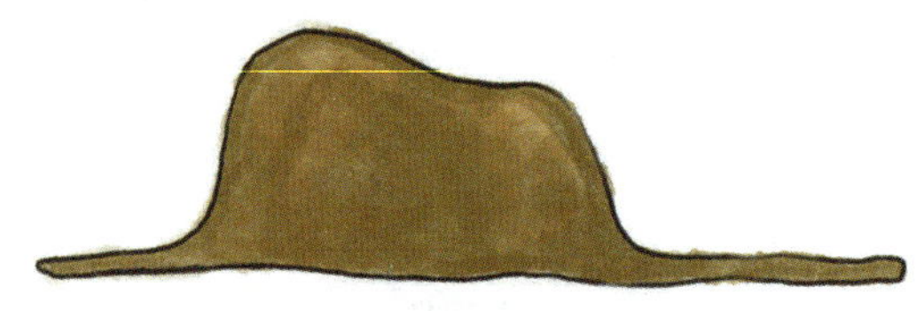

我把我的这幅杰作拿去给大人看，我问他们看到我的画是不是会害怕。

他们回答说："一顶帽子有什么可怕的？"

可是我画的不是一顶帽子，而是一条正在消化大象的大蟒蛇呀。于是我又把大蟒蛇肚子里的情形画了出来，以便于大人们能够看懂——他们这些大人总是需要解释的。我的第二号作品是这样的：

大人们劝我别再画这些敞开肚皮或是合上肚皮的蟒蛇的图画了，我应该把兴趣放在学习地理、历史、算术和语法上。就这样，在 6 岁那年，我就放弃了成为画家这一美好的理想。我的第一号、第二号作品的失败，让我很沮丧。这些大人们，他们自己什么也弄不懂，还得要小孩子来给他们不断地解释。这真是让孩子们很无语。

后来，我只好选择了另外一个职业——学会了开飞机，我几乎飞遍了世界各地。的确，地理知识对我有很大的帮助。我能一眼就分辨出中国和亚利桑那。要是在夜里迷失了航向，这些知识是很有用的。

从此以后，在我的生活中我跟许多严肃的人打交道。大部分时间，我生活在成年人的世界里。我仔细地观察过他们，但这并没有使我对他们的看法有多大的改变。

每当我遇到一个看起来头脑还算清楚的大人时，就会拿出一直保存的我那幅第一号作品来测试他。我想知道他是否能真正理解这幅画。可是，我得到的回答总是："这是顶帽子。"如果他是这么回答的，那么我就不和他谈大蟒蛇呀，原始森林呀，或者星星什么的。我只会迁就他们的水平，和他们谈论桥牌呀，高尔夫球呀，政治呀，或者领带呀什么的。这样一来，大人们就会非常高兴，认为他们所结识的我是一个通情达理的人。

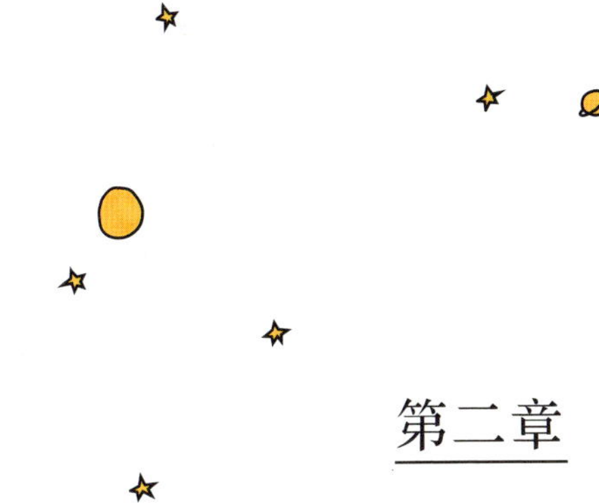

第二章

我就这样孤独地生活着，没有一个能真正交心的朋友，直到六年前我在撒哈拉沙漠上因飞机故障不得不迫降——发动机里有个东西损坏了。当时我的身边既没有机械师也没有乘客，我只好尝试独自完成这个艰难的维修任务。那时的我可真是处于生死存亡的紧要关头：飞机里存储的水只够我饮用一个星期。

第一天晚上，我就睡在这远离人烟的大沙漠上。我比那茫茫大海中遭遇海难后伏在小木排上的幸存者还要孤独寂寞。所以第二天清晨，当一个奇怪的小小的声音叫醒我时，你们可以想见我当时是多么吃惊。这小小的声音说：

“请你给我画一只羊，好吗？”

“啊？！”

“请给我画一只羊……”

我被吓得不轻，瞬间就跳了起来。我使劲地揉了揉眼睛，仔细地睁大眼睛看了看——我看见一个十分奇怪的小家伙正严肃地凝视着我。这是后来我给他画出来的最好的一幅肖像：

但是，我的画自然要比他本人的模样逊色得多。这不能说是我的过错，毕竟6岁时，是大人们使我失去了成为一个画家的勇气，除了敞开肚皮和合上肚皮的大蟒蛇，我后来什么也没有画过。

我惊奇地瞪视着这突然冒出的小家伙——你们不要忘记了，我当时可是处在远离人烟的荒凉沙漠。但是眼前这个小家伙给我的感觉既不像是迷了路，也没有半点疲乏、饥饿、口渴、害怕的神情。他丝毫不像是一个迷失在荒无人烟的大沙漠中的孩子。当我惊讶过后终于又能开口说话的时候，我就对他说：

“欸——你在这儿干什么？”

可是他却不慌不忙地好像对待一件重要的事一般，对我重复道：

“请……给我画一只羊……”

当你被一种神秘的东西镇住的时候，你是不敢不听从它的支配的。在这荒无人烟的沙漠上，在随时有可能面临死亡威胁的情况下，尽管我觉得这样的举动十分荒诞，但我还是掏出了一张纸和一支钢笔。此时我才又记起：我只学过地理、历史、算术和语法，所以就有点丧气地对小家伙说我不会画画。他回答我说：

“没有关系，就给我画一只羊吧！”

因为我从来没有画过羊，只好给他重画我仅会画的两幅画中的第一幅——合上肚皮的大蟒蛇。结果他立刻就说：

“不，不！我不要大蟒蛇，它肚子里还有一头大象。”

我听了他的话，简直是目瞪口呆了。

他接着说：“大蟒蛇太危险，大象又太大了。可我住的地方非常小，我就需要一只小羊。给我画一只小羊吧！”

我就给他画了下面这只羊：

他仔细地看了一会儿，说：

“我不要这只羊，它生病了，而且还很严重。请给我重新画一只吧！”

我又画了一只：

我的这位小朋友轻轻地笑了，礼貌地拒绝道：“你看，这画的不是小羊，是一头公羊，它还有犄角呢。”

于是我又重新画了一张：

这幅画同前几幅一样又被他拒绝了：

“这一只太老了。我想要一只能活得长久的小羊。”

我有些不耐烦了，因为我急着要去检修发动机，于是就草草地画了这张画，递给他匆匆说道：

“这是一只箱子，你要的小羊就在里面。”

这时我十分惊奇地看到我的这位小评审员喜笑

颜开。他说：

“这正是我想要的……你说这只羊会需要很多草吗？”

“为什么这么问呢？”

“因为我那里地方非常非常小……”

“我给你画的是一只很小的小羊，就算地方小也足够喂养它的。”

他低下脑袋凑近去看这幅画。

“也不算很小……瞧！它睡着了……”

就这样，我认识了小王子。

第三章

我用了好长时间才弄清楚他究竟是从哪里来的。小王子问了我许多的问题，可是，对于我提出的问题，他却好像没有听见似的。从他无意中吐露出的一些话里，我逐渐了解了他的来历。例如，当他第一次看见我的飞机时（我就不画出我的飞机了，毕竟这种图画对我来说太复杂了），他问我：

“这是个什么玩意儿？”

“这不是‘玩意儿’，它能飞，这是飞机，是我的飞机。”

我当时很骄傲地告诉他我能飞。于是他很惊奇地说：

“怎么？你们是从天上掉下来的吗？”

“是的。”我有些难为情地回答。

“啊！这真的很有意思呀。”

小王子发出一阵清脆可爱的笑声。这使我很不高兴了。我希望别人严肃地对待我的不幸而不是幸灾乐祸。他接着又说道：

“那么，你也是从天上来的了！你是哪个星球上的？”

这时，对于他究竟是从哪里来的这个秘密我总算是隐约发现了一点线索。于是，我立刻反问道：

“你是从另外一个星球上来的吗？”

但是他并不回答我的问题。他只是一面看着我的飞机，一面微微地摇了摇头，说：

“可不是么，乘坐这玩意儿，你是不可能从很远的地方来的……”

说到这里，他就长时间地陷入沉思之中。然后，他从口袋里掏出了我画的小羊，看着他的这件宝贝入了神。

可想而知，这种关于“另外一个星球”的暗示的话语会使我的心里多么好奇，我竭力想知道得更多，于是我又问：

“你是从哪里来的，我的小家伙？你的家在什么地方？你要把我的小羊带到哪里去呢？”

他沉思了一会儿，然后回答我说：

“好在有你给我的这只箱子，夜晚可以让小羊住在里面。”

“那当然了。如果你听话的话，我会再给你画一根绳子，这样白天你就可以拴住它——嗯，还要再加上一根木杆。”

我的提议显然有点使小王子意外：

“拴住它，多么奇怪的主意。”

“如果你不拴住它，它就会到处跑，那么它会走丢的。”

我的这位小朋友又笑了起来：

“可是它会跑到哪里去呢？”

“不管去什么地方。它会一直往前跑……”

这时，小王子很郑重地说：

“那没有关系，我那里很小很小。”

接着，他又略带伤感地补充了一句：

“就算一直朝前走，它也不会走出多远……”

第四章

于是，我还了解到另外一件重要的事——他所在的那个星球只比一座房子大不了多少。

这倒并没有使我感到奇怪。我知道除地球、木星、火星、金星这些有名的大行星以外，还有许许多多别的小行星，它们有的非常非常的小，小到就算是用望远镜也很难看见。假如有一个天文学家发现了其中一个小星球，他就给它编上一个号，例如把它叫作“325 小行星”。

我有足够的理由相信小王子来自一颗叫作 B612 的小星球。这颗小行星仅仅在 1909 年被一个土耳其天文学家用望远镜观察到一次。

随后，他在一次国际天文学家代表大会上对这一发现进行了重要的论证。但由于他所穿的是土耳其服装，没有人相信他所说的话。那些大人们总是这个样子。

幸运的是，土耳其的一个独裁者命令他的人民都要穿上欧式的服装，否则就要处以死刑。于是到了 1920 年，这位天文学家穿了一身漂亮又气派的衣服，重新在大会上进行了一次论证。这一次所有的人都相信了他的发现。

我给你们讲了这么多关于小行星 B612 的细节，

并且告诉你们它的编号，这是由于那些大人的缘故——大人们就是偏爱数字。当你对大人们讲起你的一个新朋友时，他们从来不向你提出重要的问题。他们从来不问：“他说话的声音怎样啊？他喜爱玩什么样的游戏啊？他是否收集蝴蝶标本呀？”他们只会问你：“他多大年纪呀？有几个兄弟呀？体重多少呀？他父亲挣多少钱呀？”只有这样他们才觉得算是了解朋友。如果你对大人们说：“我看到一幢用玫瑰色的砖盖成的漂亮房子，它的窗台上有天竺葵，屋顶上还有许多鸽子……”他们是怎么也想象不出这种房子有多么美丽。你必须这样对他们说：“我看见了一幢价值十万法郎的房子。”那么他们就会惊叹：“多么漂亮的房子啊！”

要是你对他们这样说：“小王子存在的证据就是他非常漂亮，他笑着，想要一只羊。他想要一只小小的羊，这应该可以证明他的存在了。”他们一定会无所谓地耸耸肩膀，把你当作小孩子看待！但是，如果你告诉他们说：“小王子来自 B612 号小行星。”那么他们就会十分信服，也不会再提出一大堆的问题来质问你。他们就是这样的。小孩子们对他们应该宽容些，别埋怨他们了。

当然，对于我们这些懂得生活的人来说，我们才不在乎那些无关紧要的编号呢！我很愿意用讲童话的方式来讲述这个故事，我真想这样说：

“从前呀，有一个小王子，他住的星球和他的身体差不多大，他希望有一个朋友……”对于懂得生活的人来说，这样说才显得真实。

我可不希望人们轻率随意地读我的这本书。我在讲述这些往事时的心情是很难过的。我的小小的朋友已经带着他的小羊离开六年了。我在这里尝试着尽力地把他描绘出来，就是为了不要忘记他。忘记一个朋友，这真是太叫人悲伤了。并不是所有的人都有过这样的朋友。而且，我也有可能变成那些大人那样，只会对数字感兴趣了。也正是因为如此，我买了一盒颜料和几支铅笔。然而像我这个年纪的人，除了6岁时画过合上肚皮和敞开肚皮的大蟒蛇外，其余的什么也没画过，现在，要让我重新来画画，还真是费劲啊！当然，我一定会把这些情形画得逼真——尽管我自己也没有把握。画一张还可以，另一张就不太像了。还有身材比例，我也有点画得不准确。有的时候把小王子画得太大了些，有的时候又把他画得太小了些。他到底穿的是什么颜色的衣服我也拿不准了。反正我就是这么笨拙地摸索着画，涂涂改改。我很可能把某些重要的细节画错了，这就要请大家原谅我了。因为我的这个小朋友，从来不给我解释。大约他认为我同他一样是能够理解的。但，很遗憾的是，我却不能透过箱子看见里面的小羊。我想我大概变得有点和大人们一样了——我一定是变老了。

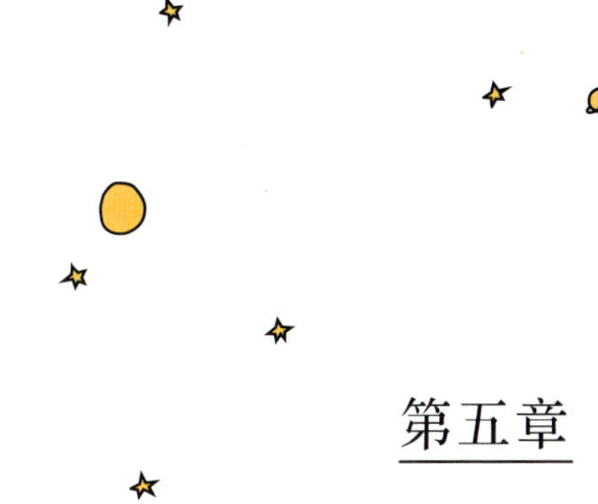

第五章

每天我都会对小王子的星球以及他的离开和旅行等事情多了解了一些。这些都是从我们不经意的聊天中偶然得出来的信息。就这样，到了第三天的时候，我就了解到了关于猴面包树的灾难。

这一次又是因为羊的事情，小王子突然忧心忡忡地来问我：

“羊会吃掉小灌木，这是真的吗？”

“是的，是真的。”

“啊，那我真是太高兴了。”

我不明白羊吃小灌木这件事有什么值得大惊小

怪的。可小王子又说：

“所以，它们也会吃猴面包树吧？”

我对小王子说：“猴面包树可不是小灌木，而是像教堂那么大的大树——即便是他带回去一群大象，也啃不完一棵猴面包树。”

“带回去一群大象”这种说法，让小王子哈哈大笑起来：

“那可得把这些大象一只叠一只地垒起来。”

接下来，他说了一句很有哲理的话：

“猴面包树在长大之前，开始也是小小的树苗啊。”

“不错。可是为什么你想叫你的小羊去吃掉小猴面包树呢？”

他回答我说：“唉！这还用说吗？”似乎这个问题是不言而喻的。可是我真的费了很大的功夫才弄懂这个问题。

原来，小王子的星球就像其他所有的星球一样，有好的植物，也有坏的植物；所以，也就有好植物的种子和坏植物的种子。可是种子是看不见的，它们沉睡在泥土里，直到其中的一些忽然想要苏醒过来……于是它们就伸展开身子，羞答答地朝着太阳长出一棵秀丽可爱的小嫩苗。如果是萝卜或是玫瑰的小嫩苗，那就可以让它继续自由地生长。如果是一棵坏的苗，一旦被辨认出来，就应该马上把它拔掉。因为在小王子的星球上，有些非常可怕的种子——

这就是猴面包树的种子。在那个星球的泥土里，这种种子泛滥成灾。而一棵猴面包树树苗，假如你拔得太迟了些，那就再也无法把它清除掉。它会盘踞在整个星球表面，它的树根还会把星球钻透，如果星球很小，而猴面包树再多一些的话，它就会把整个星球弄得支离破碎了。

“这是个严肃的问题。”小王子后来对我说道，“当你早上梳洗完毕以后，你必须仔细地给星球清理，必须强迫自己及时去拔掉猴面包树的树苗。这种树苗小的时候与玫瑰苗差不多，一旦到了可以把它们区分开来的时候，就要立刻把它拔掉。这是一件非常枯燥乏味的工作，但是也很容易。”

有一天，他劝我仔细地画一幅漂亮的图画，好让我家乡的孩子们对这件事有一个深刻的印象。他还对我说：“将来有一天他们如果出外旅行时，这对他们会很有用的。有时候，人们把自己的工作拖延几天再去做，没有什么妨碍，但是要是遇到拔猴面包树树苗这样的事情，那就非造成大灾难不可。我遇到过一个星球，上面住着一个懒惰的家伙，他放过了三棵小猴面包树树苗……”

于是，我根据小王子的描述，把这个星球画了下来。我从来不爱以卫道者的口吻来训示，可是猴面包树的危险，大家都不大了解，对于迷失在小行星上的人来说，确实有很大的危险。所以这一回，我要打破这种惯例。我会告诫他们说：

“孩子们，要当心那些猴面包树呀！”为了叫我的朋友们警惕这种灾难——他们同我一样长期以来没有意识到它的危险性——我花了很大的功夫画了这幅画。这个告诫的意义是重大的，我多花点儿功夫也是很值得的。也许你们要问，为什么这本书中其他的画没有这幅画这么有冲击力呢？答案很简单：别的画我只是曾经尝试着要画得好些，最后没有成功。但是当我想着要画出猴面包树的危害时，有一种很急迫的心情在鞭策着我。

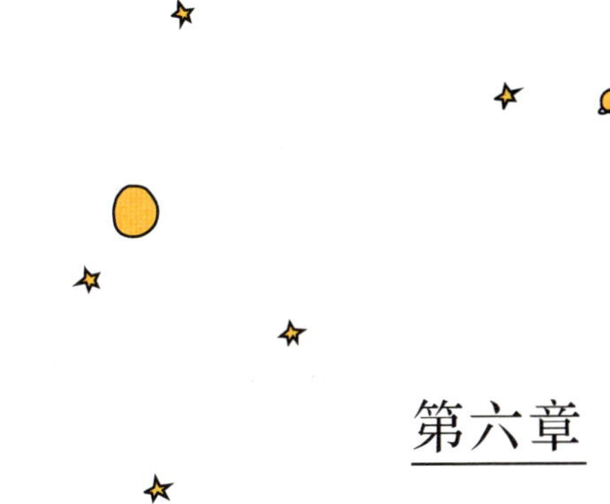

第六章

啊！小王子，就这样，我逐渐懂得了你那充满忧郁的生活。在那过去的相当长的时间里，你唯一的悠闲就是观赏那夕阳西下的晚霞美景。我是在第四天早晨知道这个新的细节的。当时你对我说：

“我喜欢看日落。我们去看一回日落吧！”

“但是我们得等等……”

“等什么？”

“等太阳落山啊。”

开始，你显得很吃惊的样子，随后又不由得笑了起来。你对我说：

“我以为这里还是在我的星球上呢！”

确实，大家都知道，在美国如果是正午时分，在法国，那就正好赶上夕阳西下了，只要在一分钟内赶到法国就可看到日落——可惜法国是那么的遥远。而在你那颗小小星球上，只要把你的椅子挪动几步就可以了。这样，你就可以随时看到你想看的夕阳余晖……

“有一天，我看见过四十三次日落。”

过一会儿，你又说：

“你知道，当人们感到非常难过时，总是会喜欢日落的。”

“一天看见过四十三次，你那天为什么那么苦闷呢？”

小王子没有回答。

第七章

第五天，还是与羊有关的事，让我又多了解了一些小王子生活的秘密。他好像是经过了很长时间的默默思考，终于得出了什么结论一样，突然地问我：

“既然羊要吃小灌木，那么它也要吃花咯？”

“它碰到什么吃什么。”

“连有刺的花它也要吃吗？”

“是啊，有刺的也吃！”

“那么花的那些刺有什么用呢？”

我不知道该怎么回答。当时我正忙着要把发动机上一颗拧得太紧的螺丝拧下来。机器故障比我想象的还要严重，更雪上加霜的是饮用水也所剩不多了，想到最坏的情况，我心里火烧火燎似的。

“那些刺究竟有什么用呢？”

似乎小王子一旦提出了问题，就非要得到答案不可。我被这颗该死的螺丝弄得很恼火，没什么耐性地敷衍他一句：

“刺吗？没什么用，只不过是花朵用来显示恶意与凶狠罢了。”

“噢！”

可是他安静了一会儿之后，又有些不高兴地冲我说：

“我不相信！花儿是那么弱小，又是那么淳朴，她们总是要设法保护自己的，她们以为有了刺就可以显出自己很厉害……”

我没有理会，当时我在想的是：如果这颗螺丝还是拧不动的话，我就一锤子敲掉它。小王子又打断了我的思绪：

“你却认为花……”

“得了吧，得了吧！我什么都不认为！我只是随口说的。瞧，我可是有正经事要做呢。”

他十分惊奇地看着我。

“正经事？”

他看着我，当时我手拿锤子，手指上沾满了油污，正伏在一个在他看来丑陋不堪的机器上。

“你说话就和那些大人一样！”

这样的评价使我有些难堪。可是接着他又毫不留情地说：

“你什么都没有弄明白……你还要把什么都混在一起！”

他真的很生气。脑袋晃动着，金黄色的头发随风飘动着。

“我曾经去过一个星球，那里住着一位红脸先生。他从来没有闻过一朵花的香味。他也从来没有看过一颗星星。他谁也不喜欢，除了算账以外，他什么事也不做，整天同你一样老是说：‘我有正经事，我是个严肃的人。’这使他十分骄傲。他看起来简直不像是个人，他是个蘑菇。”

“是什么？”

“是个蘑菇！”

小王子当时气得脸色都发白了。

“几百万年以来花儿都长着刺，几百万年以来羊仍然要吃花。难道搞清楚花儿为什么会费劲儿地长出那么些没什么用的刺，不是正经事吗？难道羊和花儿之间的战争不重要？这难道不比那胖胖的红脸先生的账务更重要？如果我认识一朵全世界唯一的花，她出现在我的星球上，别的地方都找不到，而一只小羊糊里糊涂地就把它一下子吃掉了，这难道还不重要？”

他的脸又有些气得发红，又接着说道：

“如果有人爱上了一朵花儿，在这亿万颗星星中，只生长在其中一颗星星上，当他看着那些星星的时候，就足以使他感到幸福了。他会自言自语地说：‘我的那朵花儿就在其中的一颗星星上……’但是如果这朵花被羊吃掉了，对他来说，就好像所有的星星一下子全都黯淡一样！这难道也不重要吗？！”

他再也说不下去了，突然泣不成声。夜幕已经降临，我放下手中的工具，我把锤子、螺钉、饥饿、口渴和死亡，完全抛在脑后。在一颗星球上，在一颗行星上，在我的行星上，在地球上有一个小王子需要安慰！我抱着他，慢慢摇着他，对他说：“你爱的那朵花不会有危险的……我会给你的小羊画一个嘴罩子……我还要给你的花画一副盔甲……我……”我也不知道该说些什么了。我觉得自己太笨了，我不知道怎样才能接近和抵达他的心境，怎样才能进入他的世界……唉，他为之流泪的世界是多么神秘啊！

第八章

很快我就更进一步了解了这朵花儿。小王子的星球上，本来一直都生长着一些很简单的花儿，只有一圈儿的花瓣，这些花非常小，也不占地方，从来也不用麻烦任何人照顾。她们早晨开放在草丛中，傍晚时就自己凋谢了。后来不知从哪儿来了一颗种子，有一天这颗种子忽然发了芽。小王子特别仔细地监视着这棵与众不同的小苗：没准这玩意儿是一棵新型的猴面包树呢。然而，这棵小苗不久后就不再生长了，而且还开始孕育着一朵花。看着一个大大的花苞长在小小的枝上，小王子预感到从这个花苞里一定会长出一朵出奇漂亮的花朵儿。然而这朵花却害羞地藏在绿萼搭建的小房子里，迟迟不肯露出面容来。她用了很长的时间来细细装扮自己；精心挑选着她美丽的衣裳，不慌不忙地打扮着，一片片地搭配好她层层叠叠的花瓣，她不愿像虞美人那样皱巴巴地出现在众人面前。她想要让自己一出场就是惊艳亮相，让世人为之倾倒。是的，她就是这样爱美。她花费了好些时日将自己盛装打扮。然后，就在某一天的清晨，在太阳升起的时候——她悄然绽放！

她已经为了此刻做了那么长时间的精心准备，却还是打着哈欠不经意地说：

“我才刚刚睡醒，真是对不起，瞧，我的头发还是有些乱糟糟……”

此时的小王子情不自禁地赞叹道：

“你是多么美丽啊！”

花儿悠然自得地说：

“是吧，我可是与太阳同时出生的……”

虽然小王子看出了这朵花儿不太谦虚，可是她确实长得太漂亮了。

“现在应该到了早餐时间了吧，请你也想着给我准备一点……”她接着说道。

小王子很有些羞涩，于是就拿来喷壶，打了一壶清净的水，浇灌着花儿。

就这样，这朵花儿自那以后就以她那有点儿敏感也有点儿多疑的虚荣心，折磨着小王子。比如，有一天，她同小王子说起了她身上长的四根刺：

“老虎来就来吧，张着爪子也不怕！”

“在我这颗星球上是没有老虎的，”小王子反驳了一句，“而且，老虎是不会吃草的。”

花儿咕哝着说道：“我又不是草。”

“真对不起……”

“总之我不怕什么老虎，可是我讨厌有风。你有没有屏风？”

小王子想了想：“不喜欢风啊……这对一棵植物来说，还真是不幸，这朵花儿还真是不大好伺候呢。”

“晚上你得把我保护起来。你这里太冷了，我住着一点儿也不好，我原来住的那个地方……”

但她没有接着说下去，她来的时候是颗种子，哪里又住过别的什么地方？差点儿她就让人发现了她这个不高明的谎言，她有点儿恼羞成怒了，故意咳了两三声，转而责备起小王子来：

“我要的屏风呢？”

“我这就要去拿的，可你刚才还在和我说话……”

花儿又放开嗓门咳嗽了几声，仍然要让小王子自责后悔因自己的过失造成对她的伤害。

虽然小王子原本是真心真意地喜爱这朵花，可是，这样一来，却使他马上对她产生了怀疑。有些话她只是说说而已，可是小王子总会当真，结果使得自己很是苦恼。

有一天小王子告诉我说：“我不该把她的话当真，也绝不该再听信那些花儿的话，只需要看看她们，

闻一闻她们的芳香就好了。我的那朵花使我的星球芳香弥漫，可我不懂得欣赏它。关于老虎爪子的谈论，她原本是要使我产生同情去怜惜她，却反而使我很生气……”

他继续诉说着：

“可惜我那时什么也不懂！我应该根据她的行为，而不是根据她说的话来评判她。她装点了我的生活，使我的家芳香四溢，我真不应该抛下她独自跑出来。原本我应该猜出她那惹人怜惜的小把戏后面所隐藏的温情的。花儿的心事还真是复杂啊！当时的我还太小，还不懂得爱是什么。”

第九章

我想小王子大概是随着一群候鸟的迁徙离开家的。

在他出发的那天早上，他把他的星球收拾得整整齐齐，把上面的活火山打扫得干干净净——他有两座活火山，早上热早点很是方便；他还有一座死火山，他也把它打扫干净。说不准它还会复活呢！他这么想着，也把它打扫干净了。打扫完后，它们就可以慢慢地有规律地燃烧，而不会突然喷发。火山喷发就像烟囱里喷出火焰一样。当然，在地球上的我们太渺小了，没法去整理打扫火山，所以火山喷发总是给我们带来很多很多麻烦。

小王子还把剩下的最后几棵猴面包树树苗全拔了。他有点忧伤，他觉得他自己不会再回来了。那天，这些平日里做惯了的活计让他倍感亲切。当给花儿最后一次浇完水后，他打算把她好好藏起来保护着。他觉得自己快要哭出来了。

“再见了。”他对花儿说。

可是花儿没有出声。

“再见了。”他又重复了一遍。

花儿轻轻咳嗽了一阵，然而这并不是因为她感冒了。

“我之前真是蠢。请你原谅我吧，希望你能幸福。”她终于开口了。

花儿丝毫没有抱怨他，这令小王子感到很惊讶。他举着玻璃罩子，愣在了那里，有些不知所措。他不明白为什么她会这样温柔恬静。

“是的，我爱你。”花儿对他说，“但由于我的错，你一点儿也不知道。这已经不重要了，不过，你也和我一样的笨……希望你以后能幸福！把罩子放在一边吧，我不需要它了。”

“可是要是起风了你怎么办？”

“我的感冒没那么严重……况且夜晚的凉风对我有好处。要知道我可是一朵花。”

“要是有虫子和野兽呢……”

“如果我想认识蝴蝶，连两三只毛毛虫都忍受不了是不行的。听说蝴蝶都是很美的。不然还会有谁来看我呢？你就要去远方了，至于说到大的野兽，不怕，我还有爪子。”

她天真地显露出她那四根刺，随后又接着说：“别磨磨蹭蹭了。真是麻烦！你既然已经决定离开这儿，那么，就走吧！”

她是不愿意让小王子看见她流泪——她可是一朵非常骄傲的花啊……

第十章

在他的星球附近，还有325、326、327、328、329、330等几颗小行星。他就开始逐一访问这几颗星球，想在那里找点儿事干，也想着要多学习学习。

第一颗星球上住着一个国王。他穿着用紫色和白底黑花的毛皮做成的大礼服，坐在一个很简单却又十分气派的王座上。

当他看见小王子时，他喊了起来：

“啊，来了一个臣民。”

小王子心里想：“他应该从来没有见过我，怎么会认识我呢？”

他哪里知道，对于那些国王来说，世界是非常简单的：所有的人都是臣民。

国王很骄傲，因为他终于当成了某个人的国王，他对小王子说：“走近些，让我好好看看你。”

小王子看看四周，想找个地方坐下来，可是整个星球被国王华丽的白底黑花皮袍占满了。他只好继续站在那里，但是因为很疲惫，他打了个哈欠。

“在国王面前打哈欠是有损礼仪的，我命令你不许打哈欠。”国王对他说。

小王子羞愧地说：“我实在忍不住，我长途跋涉来到这里，中间还没有睡觉呢。”

国王说：“那好吧，我命令你继续打哈欠。我已经好多年没有看见过其他人打哈欠了。打哈欠倒是件新奇的事。来吧，再打个哈欠！这是命令。”

“这倒叫我有点紧张了……我打不出哈欠来……”小王子红着脸说。

“哦！哦！”国王回答道：“那么我……命令你一会儿打哈欠，一会儿不打哈欠……”

他絮絮叨叨的，显得有些不高兴。

因为国王要求的就是他的威严绝对不容侵犯，必须受到尊敬。他不会容忍别人反抗他的命令。他是如此专制的君主。然而，他又是很善良的，他下的命令都算得上是合情合理的。

他常常说："如果我命令一位将军变成一只海鸟，但这位将军不服从命令，那就不是将军的错了，而是我的错。"

小王子腼腆地询问道："我可以坐下来吗？"

"我命令你坐下。"国王回答道，同时很威严地把他那白底黑花皮袍的大长摆抖动了一下。

然而小王子感到奇怪的是：这样小的星球，国王他到底要统治什么呢？

他对国王说："陛下……请原谅，我想请教您……"

国王立刻抢着发话："我命令你请教我。"

"陛下，您都统治什么呢？"

"我统治一切。"国王简单果断地说。

"一切？"

国王随意挥挥手，指了指他的星球和其他的行星，以及所有的星星。

小王子说：“统治这一切吗？”

“是的，统治这一切。”

原来他不仅是一个专制的君主，还是整个宇宙的君主呢。

“那么，星星都得听您的话吗？”

“毫无疑问，”国王说，“它们必须立刻就得服从。我是绝不容人质疑反抗的。”

这样的权力使小王子惊叹不已。如果他也能掌握这样的权力，那么，他每天就不止能看四十三次日落，甚至可以看到七十二次，乃至一百次，或是两百次，他也没必要挪动椅子了！因为想起了他离开了的那颗小星球，他心中有点难过，于是他鼓起勇气向国王提出了一个请求：

“我想看日落，请求您……命令太阳落山吧……”

国王说：“如果我命令一位将军像蝴蝶那样在

花从中飞来飞去，或是命令他创作出一个悲剧，又或是变成一只海鸟，但如果这位将军不执行命令的话，那么，是他的错还是我的错呢？”

“那当然是您的错了。”小王子肯定地回答。

“就是这样，”国王继续说道，“向别人提出的要求不能是他做不到的，权威首先应该建立在合理的基础上。如果你命令你的臣民去跳海，他们非暴动不可。因为我的命令总是合理的，所以我有权要求别人都服从。”

“那么我请求的日落呢？”小王子一旦提出一个问题，他是不会忘记要得到答案的。

“你会看到日落的。我会命令太阳下山，不过我要科学地进行统治，必须等到条件成熟的时候才下命令。”

小王子问道：“那要等到什么时候呢？”

“嗯！嗯！”国王一边答应着，一边翻开了一本厚厚的日历，“日落大约……大概……在今晚七点四十分的时候吧！到时候，你会看到我的命令一定会被服从的。”

小王子又打了个哈欠，他有些遗憾没有看到日落。他有点烦了，对国王说：“我想我没必要再待下去了。我要离开了。”

国王才刚刚因为有了一位臣民而变得十分骄傲，于是他赶忙说道：

“别走，别走！我任命你当我的大臣。”

“什么大臣？”

“嗯……司法大臣！”

“可是，这儿没有一个要审判的人。”

“那可说不准，”国王说道，“我老了，我的星球太小，放不下国王车驾，但让我走路我会很累的。我还没有巡视过我的领地呢！”

“噢！但我已经都看过了。”小王子说，然后探身朝星球的另一面看了看，“那边也没有一个人……”

“那你可以审判你自己呀！”国王回答说，“这可是最难的了。审判自己要比审判别人难得多。你要是能正确审判自己，你就是一个真正有智慧的人。”

“我？我随时随地都可以审判我自己，没有必要非要留在这里的。”

国王继续说：“嗯……嗯……我想，在我的星球上有一只老鼠。夜里，我能听见它弄出的声音。你可以审判它，时不时地判处它死刑，这样一来它的生死就取决于你的判决。但是，你要有分寸地对待这只老鼠，每次判刑后都要马上赦免它，因为只有这一只老鼠了。”

“但是我不愿判死刑，我想我还是应该离开吧。”小王子回答道。

“不行！”国王说。

虽然小王子已经做好离开的准备了，但是为了不使这位年老的国王感到难过，他说：

“如果国王陛下想要你的命令不折不扣地得到执行，你可以给我下一个合理的命令。比如说，你可以命令我：一分钟之内必须离开。我觉得这个条件是成熟的……”

国王沉默不语，小王子有些犹疑不决，过了一会儿，他叹了一口气，动身离开了……

“我任命你出任大使。”国王急忙喊道。

国王摆出一副威严不可侵犯的模样。

小王子继续着他的旅程，路上自言自语道：“这些大人真是奇怪啊。”

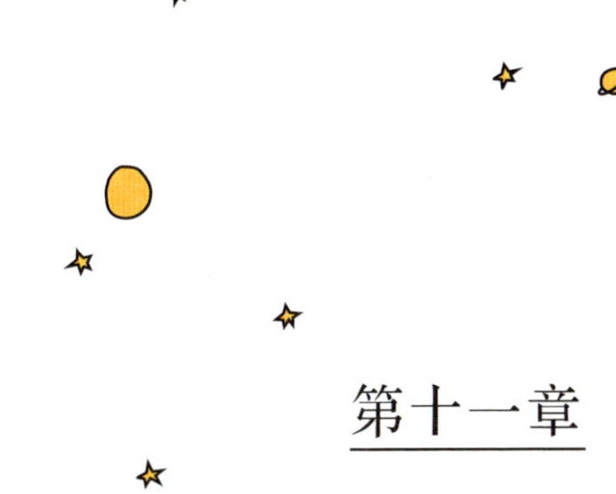

第十一章

第二颗星球上住着一个爱慕虚荣的人。

“哟呵！我的一个崇拜者来拜访了！”这个爱慕虚荣的人一看到小王子，隔着老远就大呼小叫起来。

在那些爱慕虚荣的人眼里，其他人都成了他们的崇拜者。

“你好！”小王子说，“你的帽子很奇特。”

“这是为了向人挥舞致意用的。”爱慕虚荣的人回答说，“当有人朝我欢呼时，我就用帽子向他们致意。可惜，还从来没有人经过这里。”

小王子不太理解，他问道：“哦？真的吗？”

爱慕虚荣的人向小王子建议：“你拍拍手吧。”

小王子拍了拍手，这位爱慕虚荣的人就谦虚地举起帽子向小王子致谢。

“这可比访问那位国王有趣多了。”小王子心想，于是他又拍了拍手，爱慕虚荣的人又举起帽子来向他致谢。

这样子重复了五分钟，小王子有点腻歪这个单调的游戏了，他说：

“如果想要拿掉你的帽子，该怎么做呢？”

但是爱慕虚荣的人这回就听不进去他的话了，因为凡是爱慕虚荣的人只听得进赞美的话。

他问小王子：“你真的崇拜我吗？”

“‘崇拜’是什么意思？”

“崇拜我，就是要承认我是星球上最美的人，衣服最漂亮的人，最富裕的人，最聪慧的人。”

“可你是这个星球上唯一的人呀！”

“让我开心开心吧，请你还是来崇拜我吧！”

小王子轻轻地耸了耸肩膀，说：“我崇拜你，可是要别人这样勉为其难地崇拜你，对你又有什么意义呢？”

小王子离开了。

“真是一些奇奇怪怪的大人。”小王子心里想着，继续踏上他的旅程。

第十二章

小王子接下来访问的一个星球上住着一个酒鬼。访问过程非常短，但是却让小王子感到非常忧伤。

“你在干什么呢？”小王子问酒鬼，这个酒鬼默默地坐在那里，面前有一堆酒瓶，有的里面装着酒，有的已经空了。

“我在喝酒。”酒鬼忧郁阴沉地回答道。

“你为什么要喝酒？”小王子问道。

“为了忘记。”酒鬼回答。

“忘记什么呢？”小王子已经为这个人感到难过了。

酒鬼低下头，坦白地说：“为了忘记我的羞愧。”

“那你又羞愧什么呢？”小王子很希望能够帮助到他。

“我羞愧我嗜酒。”酒鬼说完以后就不愿意再说话了。

小王子离开了，他感到十分迷惑。

旅途中，他再一次自言自语地说：“这些大人确实是太奇怪了。”

第十三章

第四个星球是一个大商人的星球。这个人正在埋头计算着什么，小王子到来的时候，他忙得甚至连头都没有抬一下。

小王子对他说："您好！您的香烟熄灭了。"

"三加二等于五，五加七等于十二，十二加三等于十五……你好，十五加七等于二十二，二十二加六，二十八……没工夫再点香烟了。二十六加五，三十一。哦，天哪！总共是五亿一百六十二万两千七百三十一。"

“五亿什么？”

“嗯？你怎么还在这里？五亿一百万……我也不知道要说的是什么了。我还有很多的事情要做……我是很严肃的，我可从来也没有工夫去闲聊！二加五等于七……”

“到底是五亿一百万什么呀？”小王子又重复地问道。一旦他有了一个问题，是一定要弄明白答案的。

这位大商人抬头看了看他，说：

“我生活在这个星球上已经五十四年了，只被打搅过三次。第一次是二十二年前，当时不知从哪里跑来了一只金龟子打断了我。它发出可怕的噪声，使我在一笔账中出了四个差错。第二次，是在十一年前，我的风湿病发作了，是缺乏锻炼的缘故……我没工夫四处闲逛。我可是个正经严肃的人……这是第三次被打搅。我计算的结果是五亿一百万……”

“五亿一百万什么？”

大商人知道想要安静是没有希望了，就接着说道：

“五亿一百万个小东西，人们有时候能看见它们出现在天上。”

“苍蝇吗？”

“不是，是些闪闪发亮的小东西。”

“蜜蜂？”

“不是，是金黄色的小东西，这些小东西总是给人们许多联想。但是我是个严肃的人，可没有时间胡思乱想。”

“哦，是星星吗？”

“对了，就是星星。”

“你要拿这五亿颗星星做什么？”

“五亿一百六十二万两千七百三十一颗星星。我是严肃的人，我要求非常精确。”

“你要拿这些星星做什么？”

“我要拿它们做什么？”

“是呀。”

“什么也不做，它们都属于我。”

“这么多星星都是属于你的？”

“是的。”

“但是我已经见到过一个国王，他……”

“国王并不拥有，他们只是进行‘统治’，这可是两码事。”

“你拥有这么多星星有什么用？”

“让我变得很富有。”

“变得富有了你想做什么呢？”

“变得富有了我就可以去买别的星星，如果还有人发现了别的星星的话。”

小王子想着：“这个人思考问题的方式有点儿像那个酒鬼。”

小王子又提了一些问题：

“要怎样你才能占有星星呢？”

“那你说星星是属于谁的呀？”大商人不高兴地反问了一句。

“我不知道，应该不属于任何人吧。”

“那么，它们就是我的，因为是我第一个想到了这件事情的。”

“这样就行了吗？”

“那当然。如果你发现了一颗无主的钻石，那么这颗钻石就是属于你的。当你发现无主岛的时候，那么这个岛就属于你了。当你有了一个创意后，你就需要去领一个专利证，以后这个创意就是属于你的了。在我之前还从来不曾有人想要占有这些星星，我想到了，那么这些星星也就属于我了。”

“这倒也是。可是你拿它们来干什么呢？”小王子问。

“我要经营管理这些星星，我在一遍又一遍地计算它们。这是一件困难的事，而我是一个严肃认真的人！”

小王子仍然不满意他的回答，接着问道：

“在我看来，如果我有一条围巾，我可以把它围在脖子上带走；我有一朵花，我可以摘下它带走。可你却不能把这些星星摘下来呀！”

“我不能摘，但我可以把它们存进银行里。”

“这代表什么意思呢？”

“就是说，我把星星的数目写在一张小纸片

上，然后把这片纸锁进一个抽屉里。”

“就这样？”

“嗯，就这样。”

小王子想：“挺好玩的，这倒是很有点儿诗意，但是，也算不上是什么了不起的正经事。”

至于什么是正经事，小王子的看法从来与大人们有很大的不同。他接着又说：

“我有一朵花，我每天都给她浇水。我还拥有三座火山，我每星期把它们全部打扫一遍，连死火山也要打扫——谁知道它会不会再活过来。我对我所拥有的火山是有益处的，对我的花也有益处。但是你对星星却并没有益处……”

大商人张口结舌，无言以对。于是小王子就离开了。

旅途中的小王子自言自语地感叹道：“这些大人们真是太奇怪了。”

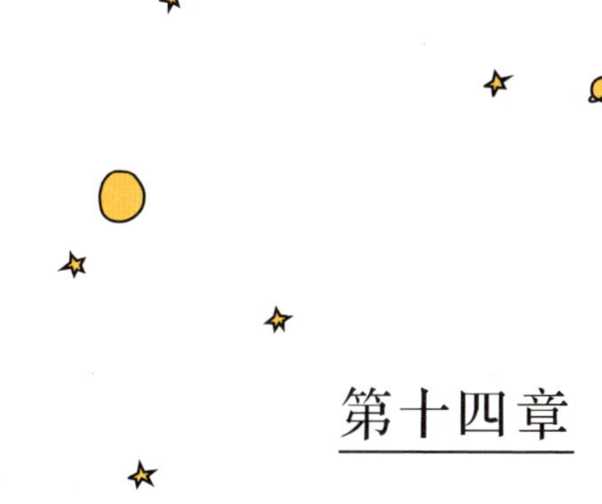

第十四章

第五颗星球很是奇怪，它也是这些星星中最小的一颗。星球上恰恰好能容得下一盏路灯和一个点灯人。小王子怎么也想不到合理的解释：浩瀚的宇宙中，这颗既没有居民也没有房屋的小小星球上，要一盏路灯和一个专门点灯的人有什么作用。

他转而又想："这个人大约是脑子有些不正常吧。但是比起那个国王，那个爱慕虚荣的人，还有大商人和酒鬼，终究是要好些。至少他的工作还算有点意义。当他点着了路灯时，就好像他增添了一颗星星，或是一朵花；当他熄灭了路灯时，就好像让星星或花朵睡着了似的。这份工作很美妙，因为它是有用的。”

小王子抵达这个行星后，就礼貌而尊敬地问候了点灯的人：

“早上好。你刚才为什么把路灯灭了呢？”

“早上好。这是规定。”点灯的人回答道。

“什么规定？”

“熄掉我的路灯。——晚上好。”

他重新又点燃了路灯。

“但是你为什么又把它点着了呢？”

“这是规定。”点灯的人回答道。

“我不明白。”小王子说。

“没什么需要明白的，规定就是规定。”点灯的人接着说，“早上好。”

他又熄灭了路灯。

然后他拿一块红方格子的手绢擦着额头。

“我干的这份工作很艰辛。从前还算是比较合理，早上熄灯，晚上去点灯，剩下的时间，白天我可以休息，夜晚我也可以睡觉……”

“后来呢？规定就改变了，是吗？”

点灯人说：“规定没有改，我惨就惨在这里了！这颗行星一年比一年转得快，而规定却没有改。”

“结果呢？”小王子问。

“结果现在这颗行星每分钟转一圈，我连一秒钟的休息时间都没有了。每分钟我都要点一次灯，熄一次灯！”

“很有意思啊，你这里的一天只有一分钟长啰？”

“一点意思也没有，”点灯人说，“就在我们俩说话的工夫，就已经过去一个月的时间了。”

“一个月？”

“对的。三十分钟，就是三十天！晚上好。”

于是他又点着了他的路灯。

小王子看着他，他喜欢上了这个如此忠于职守的点灯人了。然后，他也想起了他从前挪动椅子寻找日落的事情。他很想帮助他的这位朋友：“告诉你，我知道有一种办法能使你休息，你想什么时候休息都可以。”

“我一直都想休息的。”点灯人说。

因为人可以既是忠于职守，又是想安逸的。

小王子接着说：

“你的这颗星球这样小，你只要走三步就能绕它一圈。只要你慢慢地走，就可以一直处在太阳的照耀下；当你想要休息的时候，你就这样走……那么你想要白天有多长它就有多长。”

“这办法没有多大作用的，我最想要的是睡觉。”点灯人说。

“那就太不幸了。”小王子说。

“是啊，很不幸。”点灯人说，“早上好。”

他又熄灭了路灯。

小王子继续踏上旅途，自言自语地说：

“这个人一定会被国王、爱慕虚荣的人、酒鬼、大商人这些人瞧不起。可是也只有他才使我不感到荒唐可笑。大约这是因为他忙碌关心的是别的事，而不是为了他自己。”

他惋惜地叹了口气，然后又对自己说道：

“本来这是我唯一可以做朋友的人。但是他的星球实在是太小了，住不下两个人……”

小王子没有勇气承认的是，他在为不得不离开这颗星球而惋惜，最重要的是，在这里每二十四小时就能看到一千四百四十次日落！

第十五章

第六颗行星比前面一颗要大上十倍。那里住着一位老先生，他正在写一部大部头的书。

“嘿！来了一位探险家。”看到小王子时，老先生叫了起来。

小王子在他的桌边坐了下来，气喘吁吁的，他走了很多路呀！

“你来自哪里呀？”老先生问小王子。

“这么大一本是什么书？您在做什么呢？”小王子问道。

“我是地理学家。”老先生答道。

“什么叫‘地理学家’？”

“地理学家就是一种有学识的人，哪里有海洋，哪里有江河、城市、山脉、沙漠，他都知道。”

小王子说：“这倒是很有趣，也算是一种真正的行当。”他看了看四周，仔细打量了一下这位地理学家的星球，到现在为止，他还从来没见过这样壮观的一颗行星呢。

“您的星球真美呀，上面有海洋吗？”

“这我就不知道了。”地理学家说。

“啊！”小王子大失所望，“那么，山脉呢？”

“这，我也没法知道。”地理学家说。

“那么，有城市、河流、沙漠吗？”

“这我也没法知道。”地理学家说。

“但是您不是说您是地理学家吗！”

“一点儿也没错，”地理学家说，“但是我不是探险家，我手下一个探险家也没有。地理学家是不用去计算城市、河流、山脉、海洋、沙漠的。地理学家的作用很重要，不能到处跑。他不能随意离开他的办公室，但他可以在办公室里接见探险家。他询问探险家，把他们的叙述记录整理下来，如果其中有他认为有意思的，那么他就要对这个探险家的品德做一番调查了。”

“这又是为什么呢？”

“因为一个说谎的探险家会给编著的地理书带来灾难性的后果。同样，一个嗜酒的探险家也是如此。”

“这又是为什么？”小王子问。

“因为喝醉了的人看什么都是重影的，那么，地理学家就会把只有一座山的地方记录成两座山。”

“我认识一个人，他要是去探险的话，就很有可能是个糟糕的探险家。”小王子说。

“也许吧。如果探险家的品行不错，就要对他的发现进行求证。”

“要去实地看一看吗？”

"不，那太麻烦了。但是我会要求探险家提出证据来，比如他发现了一座大山，我就要求他带回来一些大石头。"

地理学家忽然变得忙碌起来。

"恰好，你就是从远方来的！你是个探险家！就请你来给我描述一下你的星球吧！"

于是，地理学家打开登记簿，削起铅笔来。他首先是用铅笔记下探险家的叙述，等到探险家提供了证据以后才用墨水笔写下来。

"怎样？"地理学家询问道。

"啊！我的星球，"小王子说道，"没有多大意思的，我那儿很小。我有三座火山，两座是活的，一座是熄灭了的。但是也很难说它将来会不会活过来。"

"是很难说。"地理学家说道。

"我还有一朵花。"

"我们是不记录花卉的。"地理学家说。

“为什么？那朵花儿可是最美丽的东西。”

“因为花卉是转瞬即逝的。”

“什么叫‘转瞬即逝’？”

“地理书籍是所有书当中最严谨的书籍。”地理学家说道，“这种书是从不会过时的。山脉很少会发生位置的改变，海洋也很少会出现干涸的现象——我们要写的是永恒的东西。”

“可是死掉的火山也可能会再复苏的。”小王子打断了地理学家的话，“什么叫‘转瞬即逝’？”

“火山是活的也好，死的也好，在我们这些人看来没有差别。”地理学家说，“对我们来说，重要的是山。它是不会变换位置的。”

“但是，‘转瞬即逝’是什么意思？”小王子再三地追问，一旦他提出一个问题是一定要得到答案的。

“意思是：很快就会消失、消亡。”

“我的花很快就会消亡吗？”

“当然。”

“我的花是转瞬即逝的，而她只有四根刺来保护自己不受到伤害！可我居然还把她独自留在家里！”小王子自言自语地说。

这是他第一次产生了后悔的情绪，但不一会儿他又重新振作起来：

“您是否能建议我下一站该去哪里看看？”小王子问道。

“地球，”地理学家回答他说，“地球这颗星球它的名望很高……”

于是小王子就走了，他一边走一边想着他的花。

第十六章

第七颗行星，就是地球了。

地球可不是一颗普通的星球！这里有一百一十一个国王（当然，非洲的国王也算在内），七千个地理学家，九十万个商人，七百五十万个酒鬼，三亿一千一百万个爱慕虚荣的人……也就是说，大约有二十亿个大人。

为了使你们对地球的大小有一个概念，我这样告诉你们：在发明电之前，为了点亮路边的灯，六大洲需要四十六万两千五百一十一个点灯人，那是一个真正的大部队。

如果从遥远的地方看过去，这会是一种十分壮丽辉煌的景象。这支大部队的行动就像歌剧院芭蕾舞剧里的动作一样有条不紊、整齐有序。首先出场的是新西兰和澳大利亚的点灯人，他们点着了灯之后就去睡觉了。于是就轮到中国和西伯利亚的点灯人走上舞台，然后他们也藏到幕布后面去了。再然后就轮到俄罗斯和印度的点灯人上场了。紧接着就是非洲和欧洲的点灯人，接着是南美的，再就是北美的。他们从来也不会弄错他们上场的次序——这可是非常壮观的场景啊。

唯有在北极，那里仅有一盏路灯，南极也只有一盏。只有北极的点灯人和在南极的点灯人是一样的，他们过着闲逸逍遥的生活——他们一年只需要工作两次。

第十七章

当人们想要让话说得有趣些的时候，就会有些夸大其词。在跟你们提到点灯人的时候，我就不那么诚实了，我很可能给那些不了解我们星球的人留下一个错误的印象。事实上，人类在地球上所占的地方非常小。假如居住在地球上的二十亿人都站起来，像集体开大会一样挤挤挨挨站在一起，那么一个长二十海里，宽也二十海里的广场就能容纳下他们。换句话说，太平洋上最小的岛屿也能把整个人类装下。

显然，这样说大人们是不会相信的。他们自以为会占据很大的空间，他们以为自己就像猴面包树那样是个庞然大物。你们可以建议他们自己算算看。这样会使他们很高兴，因为他们非常迷信数字。可是你们就没有必要浪费时间去做这种无聊透顶的繁重演算了。请相信我，这完全没有必要。

来到了地球后，小王子感到很奇怪，因为他一个人也没有看到，这让他有些担心，以为自己来错了，到了别的星球上。这个时候，沙地上有一个月光色的圆环蠕动了起来。

小王子下意识地说：“晚上好。”

“晚上好。”那条蛇说道。

“我降落在了什么星球上？”小王子问道。

“地球，这里是非洲。”蛇回答道。

“哦！……难道说地球上没有人吗？”

“这里是沙漠，沙漠中没有人。地球是很大的。”蛇说。

小王子坐在一块石头上，抬头望着天空，他想了想，说：

“我想这些星星闪呀闪的，是不是为了让每个人总有一天都能重新找到自己的星球？看，那是我那颗星球，它恰好就在我们头顶上……但是它离我们太远啦！”

“它很美。”蛇说，“你到这里来干什么呢？”

“我和一朵花闹了别扭。”小王子说。

“哦！”蛇说道。

于是他们都沉默下来。

“人在哪里呢？”小王子终于又开口问，“在沙漠里，还真是有点孤独……”

“就算到了有人的地方，也一样孤独。”蛇说。

小王子盯着蛇看了好一会儿。

“你真是个奇怪的动物，就和手指头差不多粗细……”

“但我比国王的手指更厉害。”蛇说道。

小王子微笑着说：

“你没有那么厉害的……毕竟你连脚都没有……你甚至都不能去旅行……”

“我可以带你去到很远的地方，比坐船能去的地方还要远。”蛇说道。

蛇盘绕在小王子的脚踝上，就像一只金镯子。

“无论谁被我碰触到，都会被送回他们的老家去。”蛇接着说，“但是你是纯洁的，而且还是来自另一个星球……”

小王子什么也没有说。

“这是遍布着坚硬花岗石的地球，我觉得你很可怜，你是那么脆弱，如果你哪一天想念你的星球了，那时我可以帮助你。我可以……”

“哦！我能明白你的意思。”小王子说，“不过你说话为什么总是像要让人猜谜语似的呢？”

“因为这些谜语我都有答案。”蛇说。

于是他们又陷入了沉默。

第十八章

小王子穿越沙漠时，他遇见过一朵花，那是一朵有着三片花瓣的花，一朵毫不起眼的小花……

“你好。”小王子说。

“你好。”花说。

“请问哪里才有人？”小王子很有礼貌地问道。

这朵花曾经看见过一支驼队经过，它说：

“人吗？几年前见过，我想大约有六七个人吧。可是，从来不知道去什么地方能找到他们。风吹着他们到处跑，他们没有根，这对他们来说是很麻烦的。”

“再见了。”小王子说。

“再见。”花说。

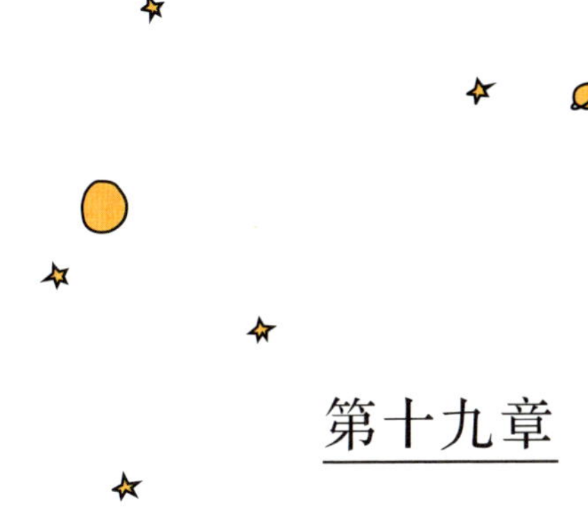

第十九章

小王子爬上一座高山。在这之前他所见过的山无非就是那三座只有他膝盖那么高的火山，并且他还把那座死火山当作凳子。小王子自言自语地说：“站在这么高的山上，我一眼就能看到整个地球和所有的人了。”可是，他看到的只是峭壁嶙峋的悬崖和石头山的山顶。

“你好。”小王子尝试着打招呼。

“你好……你好……你好……”回音回答道。

“你们是谁？”小王子问。

“你们是谁……你们是谁……你们是谁……”回音又回答道。

“请你们做我的朋友吧，我很孤独。”小王子说。

“我很孤独……我很孤独……我很孤独……”回音又回答着。

“这颗行星真奇怪！”小王子想，“这里气候这么干燥，地形这样险峻，空气也是又咸又湿的，这里的人一点儿想象力都没有，他们只会重复别人对他们说的话……在我的星球，我有一朵花，她总是自己先开口说话……”

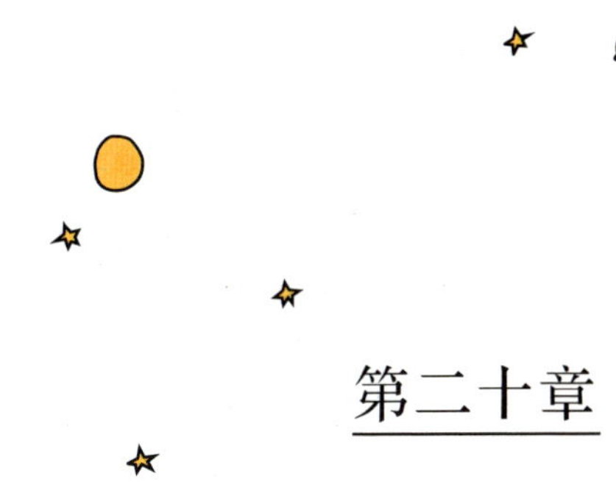

第二十章

在沙漠里、岩石中、雪地上行走了很长时间以后，小王子终于发现了一条大路。所有的大路都会通往人类居住的地方的。

“你们好。”小王子说。

这是一个玫瑰盛开的花园。

“你好。”玫瑰花说。

小王子瞅着这些花，发现它们看上去和他的那朵花一模一样。

“你们是什么花呀？”小王子惊奇地问。

“我们是玫瑰花。”花儿们说道。

“啊！”小王子叫了起来……

他觉得自己非常的不幸，他的那朵花曾对他说，她是整个宇宙中独一无二的玫瑰花。可是在这里，仅仅是在这一座花园里就有五千朵和她一模一样的花！

小王子自言自语地说：“如果她看到这些花，一定会非常生气……她会拼命地咳嗽，假装快要死去，这样才能避免她的尴尬。那时我还得假装着去照顾她，假如不这样的话，她为了使我难堪，也许有可能真的会让自己死去……”

接着他又说道：“我原来还以为我有一朵独一无二的花呢，可是我有的仅仅是一朵普通的花。这朵花，再加上那三座只有我膝盖那么高的火山，而且其中的一座还可能是永远熄灭了的，拥有这些并不会使我成为一个了不起的王子……”

他躺在草丛中哭了起来。

第二十一章

就在这个时候，一只狐狸跑了过来。

“你好。”狐狸说。

“你好。”小王子还是很有礼貌地回答道。他转过身来，但是什么也没有看到。

“我在这儿，”那声音说，“就在苹果树下。”

“你是谁？”小王子说，“你很漂亮。”

“我是狐狸。”狐狸说。

“来跟我一起玩吧，”小王子提议说，“我很难过呢……”

“我不能和你一起玩，”狐狸说，“我还没有

被驯服呢。”

“哦！真对不起。”小王子说。

想了一会儿，他又问道：

“什么叫‘驯服’呀？”

“你不是这儿的人。”狐狸说，“你来是要寻找什么吗？”

“我在寻找人类。”小王子说，“什么叫‘驯服’呢？”

“人啊，”狐狸说，“他们有枪，他们还会打猎，这真是太讨厌了！他们唯一的优点就是他们也会养鸡，你是来寻找鸡的吗？”

“不，”小王子说，“我是来找朋友的。什么叫‘驯服’呢？”

“这是被人早就遗忘了的事情，”狐狸说，“它的意思就是‘创建关系’。”

“创建关系？”

“一点儿也不错，”狐狸说，“对我来说，你还只是一个小男孩儿，就像其他千千万万个小男孩儿一样。我不需要你，同样地，你也不需要我。对你来说，我也不过是一只狐狸，和其他千千万万只狐狸一样。可是，假如你驯服了我，那我们就互相不可缺少了。对我来说，你就是世界上独一无二的了；对你来说，我也是世界上独一无二的。”

“我有些明白了。”小王子说，“有一朵花……我想她已经把我驯服了……”

“那很有可能。”狐狸说，“地球上什么样的事都有可能发生……”

“啊，她不是在地球上。”小王子说。

狐狸感到十分困惑。

“在另一个星球上？”

“是的。”

“在那个星球上有猎人吗？”

“没有。”

“这很有趣。那么，有鸡吗？”

“没有。”

“果然还是没有十全十美的。”狐狸叹息地说道。

但是，狐狸又重新捡起话题来：

“我的生活很单调啊。我捕捉鸡，而人又捕捉我。所有的鸡都是一样的，所有的人也都是一样的。因此我有些厌烦了。但是，如果你驯服了我，我的生活就一定会是欢快的。我会辨认出一种与众不同的脚步声，其他的脚步声会使我躲到地下去，但是你的脚步声对我来说就会像音乐一样让我从洞里走出来。再说，你看！你看到那边的麦田没有？我不吃面包，麦子对我来说，一点用处也没有。麦田和我毫不相干，真令人沮丧。不过，你有金黄色的头发，想想看，如果你驯服了我，那该有多好啊！小麦也是金黄色的，那会使我想起你。而且，我甚至会喜欢风吹麦浪的声音……”

狐狸停了下来，久久地望着小王子。

“请你驯服我吧！”狐狸说。

“我是很愿意的。”小王子回答道，“可是我没有多少时间了。我还要去寻找朋友，还要去了解许多事物。”

“只有被驯服了的事物，才会被了解。”狐狸说，“人类再也没有时间去了解什么东西了。他们总是去商人那里购买现成的东西。因为商店里还没有朋友出售，所以人也就没有朋友。如果你想要一个朋友，那就驯服我吧！”

“那么我应当怎么做呢？”小王子问。

“你要非常的有耐心。”狐狸回答说，“首先你就这样坐在草地上，要离我稍微远些。我就这样偷偷瞅着你，你什么也不要说，话语是误会的根源。

第二天小王子又来了。

“你最好每天在相同的那个时间来。”狐狸说，“比如说，你下午四点钟来，那么到了三点，我就开始感到高兴。时间越是接近，我就越是感到高兴。到了四点钟的时候，我就会很焦虑，坐立不安，我就会发现幸福的代价。但如果你每天随便什么时候来，那我就不知道在什么时候该准备好我的心情……我们应当有一定的仪式。”

“‘仪式’是什么？”小王子问道。

“这又是一种早已被人忘却了的事情，”狐狸说，“它就是使得某一个日子与其他日子不同，使得某一时刻与其他时刻不同。比如说，那些猎人们就有一种仪式，每个星期四他们都会和村子里的姑娘们跳舞。所以星期四就是一个美好的日子！我可以去葡萄园里散步。如果猎人们随便什么时候都跳舞，所有的日子全都一样，那么我也就没有什么假日了。”

就这样，小王子驯服了狐狸。转眼间，他们到了彼此分别的时候：

“唉！”狐狸说，“我一定会哭的。”

“这要怪你自己呀，”小王子说，“我本来并不想给你带来痛苦的，可你却一定要我驯服你……”

“是这样的。”狐狸说。

“那你还是要哭吗？”小王子说。

“当然。”狐狸说。

“那么你什么好处也没有得到。”

“我还是得到了好处。”狐狸说，“因为小麦的颜色。”

然后，狐狸又接着说：

“再去看看那些玫瑰花吧。你肯定会明白你的那朵花是世界上独一无二的玫瑰。当你回来和我告别时，我会再赠送给你一个秘密。”

于是小王子又去看那些玫瑰。

“你们一点儿也不像我的那朵玫瑰，你们现在还什么都不是！”小王子对她们说，“没有人驯服过你们，你们也没有驯服过任何人。你们就像我的狐狸从前那样，只是和千千万万只别的狐狸一样普通的狐狸。但是，现在我已经把它当成了我的朋友，于是它就是世界上独一无二的了。”

那些玫瑰花觉得十分难堪。

“你们很美，但是你们也是空虚的。”小王子继续对她们说，“没有人能为你们去死。当然，一般的人也会认为我的那朵玫瑰花和你们一样，可是，她就算是那么一朵，也比你们全体加起来还要重要，因为我浇灌她，我把她放在花罩中，我还用屏风将她保护起来；因为她身上的毛虫（除了为了变成蝴蝶而留下两三只以外）是我除去的；还因为我倾听过她的哀怨和自得，甚至有时候我还要倾听她的沉默——因为她是我的玫瑰。”

他又回到了狐狸身边。

“再见了。”小王子说道。

“再见。”狐狸说，“看吧，这是我的一个秘密，再简单不过的秘密：一个人只有用心去看，才能看到真实。事情的真相只用眼睛是看不见的。”

“事情的真相，用眼睛是看不见的。”小王子重复着这句话，把它记在心间。

“正因为你为你的玫瑰付出了时间，才使得你的玫瑰变得如此重要。”

“正因为我为我的玫瑰付出了时间……”小王子又重复着，要使自己记住这句话。

“人们已经忘却了这个道理，”狐狸说，“可是你不应该忘记它。从现在起，你要对你驯服过的一切负责。你要对你的玫瑰负责……”

“我要对我的玫瑰负责……”小王子又重复着……

第二十二章

“你好。”小王子说道。

“你好。”扳道工说道。

“你在这里做什么？”小王子问。

“我一批批地分送旅客，按每千人一批。”扳道工说，“我调配这些运载旅客的列车，一会儿让它们开往右方，一会儿让它们开往左方。”

这时，有一列灯火通明的快车轰隆隆地驶过，把扳道房都震得晃晃悠悠的。

“他们匆匆忙忙的，是要去寻找什么吗？”小王子问。

“开火车的人自己也不知道。”扳道工说。

第二列灯火通明的快车又自相反的方向轰隆轰隆地开了过来。

“他们怎么又回来了呢？”小王子问道。

“不是原来那些人了。”扳道工说，“这是一列从对面开过来的列车。”

“他们对自己原来所处的地方不满意吗？”

“人们从来也不会满意自己所处的地方。”扳道工说。

此时，第三趟灯火通明的快车又轰隆隆而过。

“他们是在追随第一批旅客吗？”小王子问道。

“他们谁也不追随。”扳道工说，“他们要么在里面睡觉，要么是在打哈欠。只有孩子们把鼻子贴在玻璃窗上朝外看。”

“只有孩子知道他们自己需要什么。”小王子说，“他们为一个布娃娃花费不少时间，这个布娃娃就成了很重要的东西，如果有人夺走他们的布娃娃，他们就会哭泣……”

“他们真幸运。”扳道工说。

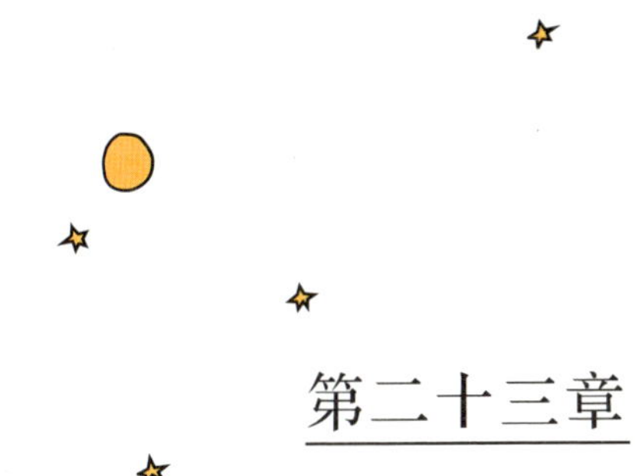

第二十三章

“你好。”小王子说。

“你好。”商贩说。

这是一位商贩，他贩卖能够止渴的精炼药丸。每个星期吞服一颗，就不会感觉口渴。

“你为什么要卖这玩意儿？”小王子问。

“它能大大地节约人们的时间。”商贩说，“经过专家们的计算，服用这些药丸，每个星期可以节省五十三分钟。”

“那么，这五十三分钟用来做什么呢？”

“随便你想做什么就做什么……”

小王子自言自语地说：“如果我有五十三分钟可以随意支配，那么我宁可不慌不忙地向泉水走去……”

第二十四章

这是我飞机失事降落在沙漠上的第八天。听着这个有关商贩的故事时，我喝完了我所储备的最后一滴水。

“唉！”我对小王子说，“你回忆的这些故事真的非常动人，可是我还没有修好我的飞机，而且我已经没有水喝了，要是我也能不慌不忙地走到水泉边去，我也一定会很高兴的！”

“我的狐狸朋友……”小王子说。

“我的小家伙，别再说什么狐狸了！”

“为什么？”

“因为我们很快就要渴死了。”

他显然不能理解我的想法，回答我说：

“就算快要死了，能交到一个朋友也是很好的啊！我就为我有一个狐狸朋友而感到很高兴……”

“他不知道危险的降临。”我心里想着，“他从来不知道饥饿和口渴。只要有一点儿阳光，他就满足了……”

小王子看着我，似乎已经看透了我的所思所想：

“我也渴了……我们去找水井吧……”

我无可奈何地耸了耸肩：在广袤无垠的大沙漠里盲目地去找水井，还真是荒唐。但是我们最终还是开始去寻找了。

我们默默地艰难跋涉了好几个小时以后，夜幕降临了，星星开始闪烁。看着这些星星，我感觉像是在做梦一样——因为口渴，我已经有些发烧了。小王子的话在我的脑海中回荡。

“你也会口渴吗？”我问他。

他没有回答我的问题，只是对我说：

“水对心灵也是有益处的……”

我不懂他的话是什么意思，可我也不打算问他……我知道最好别去问他问题。

他累了，坐了下来。我在他身旁坐下。沉默了一会儿，他又说道：

“星星是很美丽的，因为有一朵人们看不见的花……”

我回答了“当然”两个字，然后我就默默地看着月光下沙漠的褶皱。

“沙漠也是很美的。”他又说道。

确实如此。我一直很喜欢沙漠。坐在一个沙丘上，什么也看不见，什么也听不见，但是静默中却有一种说不清道不明的东西在散发着光芒……

“使沙漠更加美丽的，就是在某个地方，藏着一口水井……”

我突然明白了为什么沙漠里会放着光芒，这使我十分惊讶。当我还是一个小孩子的时候，我住在一座古老的房子里，传说这座房子里埋藏着一个宝贝。当然，从来没有任何人发现过这个宝贝，也可能，根本就没有人去寻找过。但是，这个宝贝使得整个房子如同被施了魔法似的——我家的房子在它的心灵深处埋藏着一个秘密……

“是的，”我对小王子说，“无论是房子、星星，还是沙漠，它们都是因为那些看不见的东西而美丽！”

“我真高兴，你和我的狐狸朋友的看法一样。”小王子说。

小王子睡着了，我把他抱在怀里，又重新上路了。我很激动，感觉就像是抱着一个脆弱的宝贝。仿佛在地球上没有比他更脆弱的了。借着月光我看着他惨白的脸颊，紧闭的双眼，还有那随风飘动的缕缕发丝，我在心中对自己说：“我所看到的仅仅是外在的，最重要的东西是看不见的……”

看到小王子微微张开的嘴边露出一丝微笑，我又自言自语道：“这位熟睡的小王子，他身上最打动我的是他对他那朵花的忠诚，即使在他睡着了的时候，心中的那朵玫瑰花的形象，也像一盏灯火一样在他身上闪耀着光辉……”这时，我感觉到他变得更加脆弱了，灯火需要被好好保护——要不然一阵风就可能把它吹灭……

就这样我们不停地走啊走，黎明时分，我们终于找到了水井。

第二十五章

“那些人，他们拥挤在特快列车里，却不知道他们自己要寻找什么。所以，他们只是匆匆忙忙，不停地绕圈子……”小王子说。

他接着又补充了一句：

“其实根本没必要这么折腾……”

我们找到的这口井，与撒哈拉沙漠里的那些水井并不相同。撒哈拉的井只是在沙漠中挖个洞，这口水井则更像村庄中的井。但是，这里可没有任何村庄，我想我肯定还是在梦中。

“真奇怪，”我对小王子说，“这里一切都是

现成的：辘轳、水桶、绳子……”

他笑了，然后拿起绳子，转动着辘轳，辘轳就像是被风遗忘了长久没有摆动过的风向标一样，发出嘎吱嘎吱的响声。

“你听，”小王子说，“我们唤醒了这口井，它现在唱起歌来了……”我不愿意累到他，对他说：

“让我来吧，这活计对你来说太重了。”

我慢慢地把水桶提升到井口，把它稳稳地放在那里。辘轳的歌声还在我耳朵里回响，从那依然还在荡漾的水面上，我看见太阳的影子摇碎了又聚拢，周而复始。

“我正需要喝这种水。”小王子说，“给我喝点吧……”

这时我才终于明白他所要寻找的是什么！

我把水桶提到他的嘴边，他闭上眼睛喝水，就像节日时那样舒适愉悦。这水不仅仅是一种饮料，它是我们披星戴月艰难跋涉了许久才找到的，是经由辘轳欢歌，经过我双手的努力才得来的。它像是一件礼物慰藉着心田。在我小时候，圣诞树的灯光，午夜弥撒的音乐，那些温馨甜蜜的微笑，这一切都使圣诞节时我收到的礼物充满了幸福的光辉。

“你这里的人会在同一个花园里种植五千朵玫瑰。”小王子说，“可是，他们却不知道自己所要寻找的东西是什么……”

“他们是找不到的。”我回答道。

“然而，他们所寻找的东西却可以从一朵玫瑰花或是一滴水中找到……”

“是啊。”我回答道。

小王子又加了一句：

“眼睛是看不见什么东西的，应该用心去寻找。”

我喝了水，痛快地呼吸着空气。晨曦里，沙漠泛出蜂蜜一样的光泽。我喜欢这蜂蜜一般的光泽，然而为什么我会觉得难过……

小王子又重新在我的身边坐下，他温柔地对我说："你应该实践你的诺言。"

"什么诺言？"

"你知道的……给我的小羊一个嘴套……我要对我的花负责呢！"

我从口袋中拿出我的画稿。小王子看了看，笑着说：

"你画的猴面包树，有点像大白菜……"

"啊！"

我原本还为我画的猴面包树感到骄傲呢！

"你画的狐狸……它那双耳朵……看上去有点儿像犄角……而且还画得太长了！"

说完他又笑了。

"小家伙，你太不公正了。要知道我过去只会画敞开肚皮和合上肚皮的大蟒蛇。"

"啊！这就算可以了。"他说，"孩子们能看得明白。"

于是我就用铅笔勾画了一个嘴套。当我把它递给小王子时，我心里很难受：

“我一点儿也不知道你的打算……”

但他没有回答我，他对我说：

“你知道，我落在地球上的日子……到明天就满一周年了……”

他沉默了一会儿，又接着说道：

“我就是降落在这附近……”

此时，他的面颊绯红。

不知为什么，我又感到一阵莫名的心酸。然而，我突然想起了一个问题：

“一星期以前，我认识你的那天早上，你独自一个人在这广袤无垠的沙漠里走着；这么说，也不是漫无目的的了，你是要回到你降落的地方去是吗？”

小王子的脸又红了。

我犹豫不定地又说了一句：

“可能是因为周年纪念到了吧……”

小王子的脸又红了。他从来也不回答这些问题，但是，脸红了就意味着“是的”，是吧？

“啊！”我对他说，“我有点怕……”

但他却打断了我的话：

“你现在该去工作了。你应该回到你的机器那里去。我在这里等着，你明天晚上再来……”

但是，我还是很担心，这让我想起了狐狸的话：如果被人驯服了，就难免会流泪的……

第二十六章

在水井的附近有一堵残破的石墙。第二天晚上我干完工作回来的时候，远远地看见了小王子垂着双腿坐在墙上，我听见他在说话：

“你怎么不记得了呢？”他说，“绝不是在这儿。”

应该是还有另一个声音在回答他，因为他接着说道：

“是的，没错！日子是对的，但地点不是在这里……”

我继续朝石墙走去。我还是看不到什么人，也听不见任何外人的声音。但小王子又回答道：

“……当然，你会在沙地上看到我的脚印是从什么地方开始的，你在那里等着我就行了，今天夜里我会去那里。”

我离石墙只有二十米远，可我依然什么也没有看见。

小王子沉默了一会儿又说：

“你的毒液厉害吗？你保证不会让我长时间地痛苦吗？”

我焦急地赶上前去，但我仍然不明白到底发生了什么。

“现在你走吧，我要下来了！……”小王子说。

于是，我也朝墙脚下望去，吓了一跳。就在那里，有一条黄色的蛇扬起头直着身子冲着小王子。这种黄蛇用不了半分钟就能结果人的性命。我一面赶紧掏口袋，拔出手枪，一面跑过去。可是一听到我的脚步声，蛇就像一股落入沙漠里干涸了的水柱，慢慢钻进黄沙里去了。它不慌不忙地在石头的缝隙中穿梭而过，发出轻轻的金属摩擦的声音。

我到达墙边的时候，正好张开怀抱接住了我的这位小王子。他的脸色惨白得像雪一样。

“这究竟是怎么一回事！你竟然和蛇也聊起天来！”我解开了他一直围在脖领上的金黄色的围巾。我用水湿润了他的太阳穴，又让他喝了一些水。这时，我也不敢再问他什么问题了。他神色凝重地看着我，伸开双臂搂着我的脖子。我感觉到他的心就像一只中枪之后奄奄一息的鸟的心脏一样。他对我说：

“我很高兴，你找到了你所缺少的东西，终于把它修好。不久以后你就可以回家去了……”

“你怎么知道的？”

我正想告诉他，在没有任何希望的情况下，我克服了种种困难，成功地完成了修理工作。

他没有回答我的问题，而是接着说：

“我也一样，今天，要回家去了……”

然后，他忧伤地说：

“我回家要远得多……路上也要难得多……”

我清楚地感知到即将发生某种不同寻常的事。我像抱孩子一样把他紧紧抱在怀里，感觉他正在向着一个无底深渊沉陷下去，我想尽办法要拉住他，却怎么也办不到……

他的眼神很严肃，视线落在遥远的地方。

“我有你画的羊，装着羊的箱子，还有羊的嘴套……”

带着忧伤的神情，他微微笑了。

等了很长一段时间，我才觉得他的身子渐渐暖和起来。

“小家伙，你受惊了……”

他害怕了，这是无疑的！他却温柔地笑着说：

“今天晚上，我会更加害怕的……”

我再度意识到即将要发生一件无可挽回的事，内心如同被冰水淹没了一般。这时我才意识到：只要一想到今后再也听不到他的笑声，我就觉得难过得要命。对我来说，他的笑声就好像是沙漠中的甘泉一样。

“小家伙，我想再听听你的笑声……”

但他对我说：

“到今天夜里，就正好是一年了。我的星球将正好处于我去年降落的那个地方的上空……”

"小家伙，这有关蛇，有关约定和星星的事情，都是一场噩梦吧？"

但他并不回答我的问题，对我说：

"重要的东西，是眼睛看不见的……"

"当然……"

"就像花一样。如果你爱上了一朵生长在某颗星球上的花，那么当你夜间抬头仰望星空时，就会感到甜蜜愉快。仿佛所有的星星上都盛开着鲜花。"

"当然……"

"这也就像那井水一样，由于那辘轳和绳子的缘故，你给我喝的井水好像音乐一样……你记得吗？……那井水非常好喝……"

"当然……"

"夜晚，你可以抬头遥望着星星，我的那颗星球太小了，我无法给你指出它在哪里。这样倒更好，你可以认为我的那颗星星就在这些星星之中。那么，你看到所有的星星都会喜欢的……这些星星都将成为你的朋友。而且，我还要给你一件礼物……”小王子又笑了。

“啊！小家伙，小家伙，我真喜欢听到你这样的笑声！”

“这恰好是我要送给你的礼物，……这就好像我们喝过的泉水一样。”

“你说的是什么意思？”

“星星在不同的人的眼里并不都是一样的。对旅行的人来说，星星是向导；对一般的人来说，星星所发出的只是些黯淡的光；对一些学者来说，星星就是他们所要探究的学问；对于我所遇见的那个大商人来说，星星是财富。但是，所有的星星都是不说话的。而你的那些星星将是与任何人都不相同的……”

“你这话说的是什么意思？”

“当你仰望星空的时候，既然我就住在其中一颗星星上，如果我在其中一颗星星上微笑，那么对你来说，就好像所有的星星都在笑，那么你所看到的星星就都是会笑的星星！”

这时，他又笑起来了。

“那么，在你得到了安慰之后（人们总是会自我安慰的），你就会因为认识我而感到高兴。你将永远是我的朋友，你会想要同我一起笑。有时，你会为了开心快乐而不知不觉地打开窗户——你的朋友们会惊讶地发现你笑着仰望星空。那时，你就可以对他们说：‘是的，星星总是让我欢笑！’他们会以为你发疯了。我的恶作剧将使你难堪……”

他又笑起来。

“这就好像我带给你的不是星星，而是许许多多会笑的铃铛……”

他仍然笑着，随后就变得严肃起来：

“今天夜里……你知道的……不要来了。”

“我不会离开你。”

“我将会显得很痛苦……有点儿像要死去似的。

就是那么一回事，你就别来看这些了，没有必要。”

“我不会离开你。”

可是他显得有些担心。

“我对你说这些……也是担心那条蛇的缘故。千万别让它咬到了你……蛇是很坏的，它们会随意咬人……”

“我不会离开你。”

这个时候，他似乎有点放心了：

“对了，它们再咬第二口的时候就没有毒液了……”

这天夜里，我没有看到他动身。他悄悄地走了，当我终于赶上他的时候，他坚定地快步走着，只是对我说：

“啊，你来了……”

他拉着我的手，仍然显得很担心：

“你不该这样的，你会难受的。我会像是死去的样子，但这不会是真的……”

我默默无言。

“你明白的，路途太遥远了。我没办法带着这一副身躯离开——它太重了。”

我依然默默无言。

“但是，这就好像是剥落掉的旧树皮一样。剥落旧树皮，并没有什么好悲伤的。”

我还是沉默不语。

他有些泄气了，但是又再次振作起来：

“一切都会好起来的，你知道的，我也一定会仰望星空。所有的星星都将是带有生了锈的辘轳的水井，所有的星星都会倒水给我喝……”

我仍旧沉默。

“这将是多么好玩啊！你将有五亿个铃铛，我将有五亿口水井……”

这时，他也沉默了，因为他在哭泣。

“就在这儿吧。让我自己走下去吧。”

他坐了下来，因为他害怕了。他却仍然说道：

“你知道……我的花……我是要对她负责的！而她又是那么的弱小！她又是那么的天真，她只有

四根微不足道的刺，用来保护自己，抵抗外敌……”

我也坐了下来，因为我再也站立不住了。他说道：

“好吧，就是这样……全都说啦……”

他犹豫了一下，然后站起来。他迈出了最后一步，而我却动弹不得。

在他的脚踝附近，一道黄光闪了一下。刹那间他一动也不动了。没有叫喊声，他轻轻地倒在地上，像被砍倒的树，大概是地上都是沙子的缘故，一点儿响声都没有发出来。

第二十七章

当然，到现在为止，已经六年过去了……我还从没有讲过这个故事。同伴们重新看到了我，都为我活着回来而高兴。但我却很悲伤，我告诉他们：“这是疲惫的缘故……”

现在，我悲伤的心稍微得到了些安慰。也就是说……还没有彻底平静下来。但是我知道他已经返回他的星球，因为那天黎明时，我没有再见到他的身躯。他的身躯并不是那么重的……从那以后，我喜欢在夜间倾听着星星，好像是倾听着五亿个铃铛……

可是，现在却又发生了了不得的事。我给小王子画的羊嘴套上，忘了画皮带！他不可能把它套在羊嘴上了。所以，我在想："他的星球上会发生什么事呢？大概小羊会把花吃掉了吧……"

有时我又对自己说："绝对不会的！小王子每天夜里都会用玻璃罩子把他的花罩住，而且他也会好好看管他的羊……"想到这里，我就会很高兴。这时，仿佛所有的星星都在柔柔地轻笑着。

有时候我又会对自己说："人难免会疏忽的，只要一次就糟了！如果某一天晚上他忘了罩上玻璃罩子，或者是小羊夜里不声不响地跑出来……"想到这里，所有的小铃铛都变成了泪珠！

这真是一个很大的谜题。对你们这些如同我一样喜欢小王子的人来说，如果在我们不知道的某一个地方，有一只跟我们毫不相关的羊，吃掉了一朵玫瑰花（也许没有吃掉），那么宇宙的面貌在我们眼里就会截然不同了。

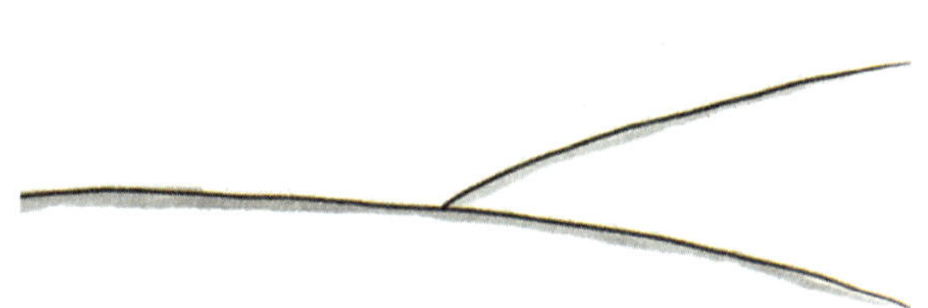

望着星空，你们想一想吧：羊究竟是吃了那朵花还是没有吃掉？那么你们就会看到一切都变了样……

任何一个大人都永远不会明白这个问题有多么重要！

对我来说，这是这世上最美丽也最悲伤的风景。这是和上一页一样的风景，但我依旧再次在你面前将其画了出来。这是小王子出现在地球上，然后又消失的地方。

请你仔细看看这片风景，确保假如有一天你去非洲沙漠旅行的时候能认得出这个地方。而且，如果你碰巧经过那里，我恳求你，不要着急，就在星空下等一会儿！如果有一个孩子来找你，如果他笑了，如果他有金色的头发，如果他在被问问题时没有回答，你就会猜到他是谁。那就拜托你一件事，别让我这么难过：快写信告诉我他回来了……

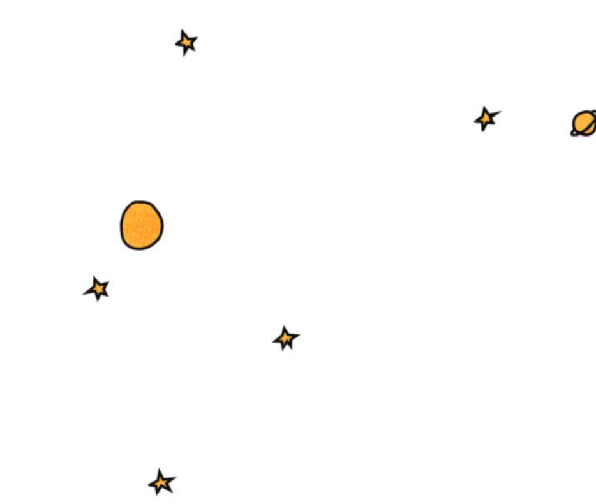

每个人心中都住着一个“小王子”……